Bouh les amoureux !

GENEVIÈVE NOËL

ILLUSTRATIONS DE
CATHERINE PROTEAUX

Chapitre 1

Quand j'étais petit,
je n'avais peur de rien.
C'est Maman qui le dit.
Et puis j'ai grandi et,
d'un coup, je suis
devenu timide,
mais terriblement timide…

Le jour où j'ai rencontré Chloé,
la fille la plus chouette de ma classe,
ça ne s'est pas arrangé ! Dès qu'elle
m'a regardé, je me suis mis à bafouiller.
Depuis, chaque fois que je la vois, je
rougis... comme un poivron farci !

Pourtant, j'aimerais drôlement
devenir l'amoureux de Chloé.
Et lui donner la main dans la cour
de récré...

Un soir, à la télé, j'ai vu un film génial. C'était l'histoire d'un garçon aussi timide que moi. La preuve : il n'arrivait pas à parler à Lucie, la fille qu'il aimait, tellement il avait peur de dire des bêtises.

Mais un jour, il sauvait Lucie
de la mort en l'emmenant
à toute vitesse hors de sa maison
en flammes. Forcément, Lucie
devenait son amoureuse.
Et il était heureux pour toujours.

Ça m'a donné une idée. Je me suis dit : « Je vais sauver la vie de Chloé, comme le héros du film. »

En allant à l'école, j'ai suivi Chloé, mine de rien. Quand elle a traversé au carrefour, j'ai cru qu'une voiture allait l'écraser.

Alors, j'ai couru aussi vite que le vent et je l'ai poussée de toutes mes forces sur le trottoir.

Là, on a perdu l'équilibre, et

BOUM

BADABOUM !

on est tombés par terre.

Chloé, ça l'a mise en colère.
Et avant que j'aie pu lui dire :
« Y avait une voiture qui
voulait t'écraser », elle a crié :

– T'es pas drôle, Émile !

Et zou ! elle est partie toute seule
pour l'école.

Chapitre 2

Sans me décourager,
j'ai pensé :
« Bon, c'est raté !
Chloé n'a pas encore
compris que je veux
devenir son amoureux. »

Plus tard, à la récré, Julien a attrapé Chloé par les nattes en hurlant :

– Je suis un Indien et je vais te scalper !

Mon cœur s'est mis à battre et j'ai pensé : « Si ça se trouve, Julien veut scalper Chloé pour de vrai. »

Alors, j'ai pris mon courage à deux mains et j'ai foncé sur lui en criant :

– À l'attaque !

Mais Julien n'a pas eu peur du tout. **Bing!** il m'a donné un coup de poing, et je me suis retrouvé par terre, le nez sur une peau de banane.

Le surveillant est arrivé à toute vitesse. Il m'a aidé à me relever, puis il a grogné :

– Émile, qu'est-ce qui t'a pris ? Si tu recommences, tu seras puni.

Chloé, elle, n'a rien dit du tout.

Mais j'étais sûr qu'elle pensait :
« Cet Émile, quel débile ! »
Alors j'ai fait un gros effort
pour m'empêcher de pleurer.
Et je me suis dit : « Bon, c'est
tout à fait raté ! Jamais je ne pourrai
devenir son amoureux. »

Chapitre 3

En classe, je me suis fait tout petit dans mon coin. Je comptais les minutes. Je n'avais qu'une envie : rentrer à la maison et me blottir sous ma couette.

Enfin, la cloche a sonné. J'ai pris mon cartable et j'ai foncé dehors.

Pour me remonter le moral,
je suis allé à la boulangerie
m'acheter un paquet
de crocodiles.

J'en ai mis une
poignée dans ma bouche
et j'ai pris le chemin
de la maison.

En arrivant au carrefour, j'ai vu Chloé, immobile sur le trottoir. Ses yeux étaient rouges comme si elle avait pleuré.

Sans réfléchir, je lui ai demandé :

– Qu'est-ce qui t'arrive ?

Elle m'a répondu en sanglotant :

– Je… j'ai perdu mes clés…

J'ai sorti mon sourire le plus rassurant et je lui ai dit :

– Ne t'en fais pas : à deux, on va forcément les retrouver !

Puis on est retournés vers l'école en cherchant de tous les côtés.

Et ça a marché ! C'est moi qui ai vu les clés de Chloé sous un banc, près de la librairie. Chloé, ça l'a rendue folle de joie. Elle m'a sauté au cou en criant :

– Émile, tu es super génial !

Je suis devenu aussi rouge qu'un poivron farci.

Alors Chloé a pris ma main
et m'a proposé :
– Si tu venais goûter à la maison ?
Tout content, je me suis laissé
entraîner et j'ai pensé :
« Finalement, je vais peut-être
devenir l'amoureux de Chloé !
Et pourtant, je ne lui ai pas
sauvé la vie ! »

FIN

300, rue Léon-Joulin, 31101 Toulouse Cedex 9 – France
www.editionsmilan.com
Loi 49.956 du 16.07.1949 sur les publications destinées à la jeunesse.
Dépôt légal : 1er trimestre 2009
ISBN : 978-2-7459-2967-9
Imprimé en France par Pollina, 85400 Luçon - n° L49556B